车延高诗选

常春藤诗丛

武汉大学卷

李少君 主编

车延高 著

陕西新华出版传媒集团

太白文艺出版社

图书在版编目（CIP）数据

车延高诗选 / 车延高著． —— 西安 ：太白文艺出版社，2019.1

（常春藤诗丛．武汉大学卷）

ISBN 978-7-5513-1583-8

Ⅰ．①车… Ⅱ．①车… Ⅲ．①诗集－中国－当代 Ⅳ．① I227

中国版本图书馆 CIP 数据核字（2018）第 294774 号

车 延 高 诗 选

CHE YANGAO SHIXUAN

作　　者　　车延高

责任编辑　　蔡晶晶

封面设计　　不绿不蓝　杨西霞

版式设计　　刘戈

出版发行　　陕西新华出版传媒集团

　　　　　　太 白 文 艺 出 版 社

经　　销　　新华书店

印　　刷　　北京彩虹伟业印刷有限公司

开　　本　　787 毫米 × 1092 毫米　1/32

字　　数　　84 千

印　　张　　7.625

版　　次　　2019 年 1 月第 1 版

书　　号　　978-7-5513-1583-8

定　　价　　45.00 元

如有印装质量问题，可寄出版社印制部调换

联系电话：029-81206800

出版社地址：西安市曲江新区登高路 1388 号（邮编：710061）

营销中心电话：029-87277748　029-87217872

珞珈山与珞珈诗派
——《常春藤诗丛·武汉大学卷》序言

一所大学能拥有一座山，已属罕见；而这座山在莘莘学子心目中拥有不可替代的崇高地位，在当代中国也是少有；并且，这座山还被誉为诗意盎然的现代诗山，就堪称是唯一的了。在这里，我说的就是武汉大学所在地珞珈山。

前段时间，我在网上看到一篇报道，是武汉大学北京校友会会长、著名企业家陈东升在校友会上的发言。他说："珞珈山是我心中的圣山，武汉大学是我心中的圣殿，我就是一个虔诚的信徒和使者。"把母校如此神圣化，让人震撼，也让人感动，更充分说明了珞珈山的魅力。

武汉大学每年春天举办一次面向全国乃至世界在校大学生的樱花诗会。有一年，作为樱花诗会的嘉宾，我也说过类似的话："站在这里，我首先要对珞珈山致敬。这是一座神圣的现代诗山，'珞珈'二字就是闻一多先生给它的一个诗意命名。从此,珞珈山上,诗意源源不断,诗情绵绵不绝,诗人层出不穷。"

因此,关于珞珈山,我概括了这样一句话:珞珈山是"诗意的发源地,诗情的发生地,诗人的出生地"。在这里,我想对此略加阐释。

第一,关于"诗意的发源地"。关于诗歌的定义,有这么一个说法一直深得我心:诗歌是自由的美的象征。而美学界早就有过这样的论述:美是自由的象征。在武汉大学,很早就有过关于珞珈山上武汉大学的特点的讨论。不少人认为,第一就是自由。即开放的讨论,自由的风气,积极进取的精神。早在 20 世纪 80 年代,武汉大学就被认为是中国高校改革的试验区,学分制、转学制、双学位制、作家班制、插班生制等制度改革影响至今。关于自由的概念争议很大,但我同意这样的看法,人所取得的一切在某种程度上是其自由创造的结果。2018 年是改革开放四十年,中国目前所取得的成就,可以说是中国人民四十年来自由创造所取得的成果。珞珈山诗人王家新曾说,现在的一切,是 20 世纪 80 年代精神的成就和产物。这样一种积极自由的努力,在珞珈山上随处可见,这也是武汉大学创造过众多国内第一的原因。包括珞珈诗派，在国内高校中，也是第一个提出诗派概念的。所以，武汉大学是诗意的发源地，因为这里也是自由的家园。

第二，关于"诗情的发生地"。武汉大学校园风景之美中国公认，世界罕见。这样的地方，会勾起人们对大自然天然的热爱，对美的热爱，这是一种天生的诗歌的情感。而在这样美好的地方生活、学习和工作的人，比一般人就敏感，也更随性随意，这是一种诗意的生活方式。樱园、桂园、桃园、梅园、枫园，校园里每个地方每个季节都触发人的情感，诗歌就是"触景生情，睹物思人"，因此，珞珈山是"诗情的发生地"。在这里，各种情感的发生毫不奇怪，比如很多人开玩笑说武汉大学出来的学生，比较"好色"，好山色水色、春色秋色，还有暮色月色，以及云霞瑰丽、天空碧蓝等。情感也比一般人丰富，对美的敏感度远高于其他高校学生。而比起那些一直生活在灰色都市里的人，珞珈山人的情感也好，故事也好，显然要多很多。

第三，关于"诗人的出生地"。意思是在珞珈山，因为环境的自由，风景的美丽，很容易成为一位诗人，而成为诗人后，必定会有某种自觉性。自觉地，然后是努力地去成为更纯粹的诗人，以诗人的方式创造生活。当然，这并不是说珞珈山出来的人都会成为诗人，而是说受过珞珈山的百年学府文化影响和湖光山色陶冶的学子，都会有一颗纯净的诗心，执着于自己的追求；会有一种蓬勃的诗兴，充满激情地为自己的事业而奋斗。陈东升说，珞珈山出来的人，天性气质"质朴而浪漫"，这就是一种诗性气质。珞珈人具有天然的诗性气质，也是珞珈人特有的一种气质，它体现为一种精神：质朴，故能执着；浪漫，所以超越。

说到珞珈山的诗人，几乎都有单纯而质朴的直觉。王家新算得上珞珈山诗人中的大"诗兄"，他是"文革"后第一代大学生，又参与过第一本全国性大学生刊物《这一代》的创办。《这一代》是由王家新、高伐林与北京大学陈建功、黄子平，吉林大学徐敬亚、王小妮，湖南师大韩少功，中山大学苏炜等发起的，曾经轰动一时。后来王家新因出名较早，经常被划入"朦胧诗派"，他的写作、翻译影响了好几个时代，他现在在中国人民大学文学院当教授、带博士生，一直活跃在当代诗坛。家新兄大名鼎鼎，但写的诗却仍保持非常纯粹的初始感觉，让人耳目一新，比如他的《黎明时分的诗》，全诗如下：

黎明

一只在海滩上静静伫立的小野兔

像是在沉思

听见有人来

还侧身向我打量了一下

然后一纵身

消失在身后的草甸中

那两只机敏的大耳朵

那闪电般的一跃

真对不起

看来它的一生

不只是忙于搬运食粮

它也有从黑暗的庄稼地里出来

眺望黎明的第一道光线的时候

　　我总觉得这只兔子是珞珈山上的，其实就是诗人本身，保持着对生活、对美和大自然的一种敏感。这种敏感，源于还没被世俗污染的初心，也就是"童心"和"赤子之心"，只有这样纯粹的心灵，才会有细腻细致的感觉，感觉到和发现大自然的种种美妙。王家新虽然常常被称为知识分子写作，但他始终没被烦冗的修辞技术淹没内心的纯真敏锐。按敬文东的说法，王家新是"用心写作"而不是"用脑写作"的。

无独有偶，比王家新年轻十来岁的邱华栋也写过一只小动物松鼠。邱华栋少年时就是诗人，因为创作成绩突出被保送到武汉大学，后来主攻小说，如今是鲁迅文学院常务副院长。邱华栋的诗歌不同于他的小说，他的小说是他人生经历和阅读学习的转化，乃至他大块头体型的体现。他的小说庞杂，包罗万象，广度深度兼具，有一种粗犷的豪放的躁动风格。而他的诗歌，是散发着微妙和细腻的气息的，本质是安静的，是回到寂静的深处，构建一个纯粹之境，然后由这纯粹之境出发，用心细致体会大自然和人生的真谛。很多诗句，可以说是华栋用自己的思想感受和身体感觉提炼而成的精华。比如他有一首题为《京东偏北，空港城，一只松鼠》的诗歌，特别有代表性，堪称这类风格的典范。全诗如下：

朝露凝结于草坪，我散步

一只松鼠意外经过
这样的偶遇并不多见

在飞机的航道下，轰鸣是巨大的雨
甲虫都纷纷发疯
乌鸦逃窜，并且被飞机的阴影遮蔽
蚱蜢不再歌唱，蚂蚁在纷乱地逃窜

所以，一只松鼠的出现
顿时使我的眼睛发亮
我看见它快速地挠头，双眼机警
跳跃，或者突然在半空停止
显现了一种突出的活力

而大地上到处都是人
这使我担心，哪里使它可以安身？
沥青已经代替了泥土，我们也代替了它们

而人工林那么幼小，还没有确定的树荫
我不知道我的前途，和它的命运

7

谁更好些？谁更该怜悯谁？

　　热闹非凡的繁华都市，熙熙攘攘人来人往的空港，已是文坛一腕的邱华栋，心底却在关心着一只不起眼的松鼠的命运，它偶尔现身于幼小的人工林中的草坪上，就被邱华栋一眼发现了。邱华栋由此开始牵挂其命运，到处是水泥工地，到处是人流杂沓，一只松鼠，该如何生存？邱华栋甚至联想到自己，在时代的洪流中，在命运的巨兽爪下，如何安身立命？这一似乎微小的问题，既是诗人对自己命运的追问，其实也是一个世纪的"天问"。文学和诗歌，不管外表如何光鲜亮丽，本质上仍是个人性的。在时代的大潮中，诗歌可能经常被边缘化，无处安身，实际上也不过是一只小松鼠，弱小得无能为力，但有自己的活力和生命力，并且这小生命有时会焕发巨大的能量。这只松鼠，何尝不也是诗人的一种写照？

　　一只兔子，一只松鼠，这两只小动物，其实可以看成珞珈山诗人在不同场景中的一个隐喻。前一个是置身自然，对美的敏感；后一个是身处都市，对生活和社会的敏感。这两只小动物，其实就是诗人自身的形象显现。

　　其他珞珈山的诗人也多有这一特点，比如这套诗丛里的汪剑钊、车延高、邱华栋、黄斌、阎志、远洋、张宗子、洪烛、李浔等，每个人都有自己对于美、生活和社会的敏感点，可见地域或背景对诗人的影响是自然的也是必然的。凡在青山绿水间成长的诗人，总是有一种明晰性，就像一株草、一朵花或一棵树，抑或晨曦的第一缕光、凌晨的第一声鸟鸣或天空飘过的一朵白云，总是清晰地呈现出来，不像那种雾霾都市昏暗书斋的诗歌，自己都不知道自己在发泄和表达些什么，总是晦暗和艰涩的。

当然，珞珈诗人的特点不限于敏感，虽然敏感是诗人的第一要素。他们还有着很多的其他特点：自由，开放，具有理想的情怀、浪漫的色彩和包容的气度，充满想象力和创造力。这一切，也是珞珈山赋予他们的。自由，是珞珈山的诗意传统和无比开阔的空间，给了珞珈诗人在地理上、精神上和历史的天空翱翔的自由；开放包容，是武汉大学特有的居于中央贯通东西南北的地理位置，让珞珈诗人有了大视野、大格局；珞珈山那么美，东湖那么大，更是珞珈诗人想象力的根基，也是珞珈诗人浪漫和诗情的来源，而最终，这些都会转化为一种大气象、大胸襟和创造力。所以，珞珈诗人的包容性都是比较强的，古今中外兼容并蓄，没有拘谨地禁锢于某一类。所以，除了诗人，珞珈山还盛产美学家、诗歌评论家和翻译家，他们也都写诗。整座珞珈山，散发着一种诗歌气质和艺术气息。

总之，珞珈诗派的诗歌追求，在我看来，首先，是有着一种诗歌的自由精神，一种诗歌的敏锐灵性与飞扬的想象力；其次，是其开放性与包容性，能够融汇古今中外，不偏颇任何题材形式；最后，是对诗歌美学品质的坚持，始终保持一种美学高度，或者说"珞珈标准"，那就是既重情感又重思辨，既典雅精致又平实稳重，既朴素无华又立意高远。现实性与超越性融合，是一种感性、独特而又有扎实修辞风格的美学创造。

李少君

2018 年 10 月

目录

江湖

一棵树，种在云彩上
拴一匹骏马，让路休息
心解开纽扣，坐在返老还童的地方
陪时间品茶
一把一把
替远方的日子洗牌
等她眉清目秀从双井站来

一团紫云坐下
窗外，好明亮的半月
榕树、紫薇、丁香
她额前一排刘海，天的屋檐
比我高
我已老于江湖，披头散发
吟风摆柳的手替镜子梳头
看她左眼

古渡口，一叶横舟被昨天搁浅

看她右眼

老墙外，千顷芦花替自己白头

胡姬

风哼着小调
春天用露水抹了一把脸
直接从一根柳条上走下来

酒幌一摇，胡姬从店里出来
她美，鬓边别着大青山上一片彩云
李白坐下的青骢马不走了

压酒劝客时候
她走出一行红柳的模样
眼睛灿烂，有十万亩桃花在开

李白坐在那里
今天，他一滴酒没喝
已经醉了

四月

四月，有桃花给故乡打扮
蜜蜂都喜洋洋的

四月，眼睛有约
梨花开过了槐花开，油菜花开过了杜鹃花开

四月，风回村里走亲戚
水塘边，柳树给日头描着眉
牛和一根草，说着张家长李家短

四月，庄周还在自己的梦里做梦
一群叛逃的蝴蝶迷失在不认识梁兄的婺源

四月，有妊娠反应的土地没呕吐
田野里，谁制造了浓浓的花香

四月，一只燕子在梁上筑巢
出了门
我在路上走，它在天上飞

四月，芦苇把水面打扫干净
芙蓉抬头，替天开花

红颜

一直当你是红颜
所以在一盏青灯的光里疼你

当你写诗写得头发全白
可以在《全唐诗》的最后一页找我
我正骑一匹老马
临照千古明月
往东土赶路，前方
雪皑皑，山高水低

一条路送我

浪花还没把时间洗白

风来不及把自己吹暖
菖蒲花就开了，有几分姿色在岸边站着

浪还没把时间洗白
芦苇一摇，就把昨天打扫得干干净净

睡莲不认为客厅小
有那么多浪花散步，就有鱼来串门
急的，该是那些含苞待放的花朵

一部《容斋随笔》老了，风，信手翻了翻
卢莫愁就从一个汉字的梦里出来
石城在身后，浪花忽高忽低

现在是四月，我眼里只有阳春，看不见白雪

只感觉这里人还是楚人秉性
怀古，念旧

回不回来省亲是你的事儿。
莫愁湖边的栈道修了
莫愁村，也在痴心等你的土地上建了
客栈整旧如新，挂有你名字的红灯笼红着

马兰花在墙边儿站着，都低了头
好像谁批评了它们

我也老了，不记得回楚国的路
只有你的唇，能让我认识颜色

隐隐记得，我还有一方从未用过的印
印泥，在你那里

盲人

看不见。才看透了
一切

他们小心翼翼地活着
用一颗心揣摩这个世界

从不看
任何人的
脸色

养神

酒把一行诗句灌醉
司马承祯背了半个太阳朝回走

李白独坐在不肯打伞的荷花上
闭目，合掌，替天养神

蜻蜓嗡嗡着来去
对一滴情有独钟的露珠说三道四

水塘不像镜子
能照见一枝柳条上挂满的春天

塘边，那个女子穿了件云彩
半遮脸，用不懂平仄的古风描眉

铜镜眨了眨眼

一道柴门洞开，李白被几滴酒香扶了进去

拿笔的手殷勤

给一阵不会洗脸的风梳头

旗袍

旗袍走过来
就是你的身段

那节最生动的腰，是前世修得

今生
我叫她江南

石匠

能从一块石头的沉默中，读出
大山的心思

石匠的性子和凿出的基石一样厚实
习惯了被埋在底层
他们用铁锤和凿子寻找坚硬，手上的茧就是 logo
凿出柱墩、基石、门当、石狮和街石

石匠看重的人会用青石为他凿一块碑
用一座山的重量去刻，像刻一座山
有人要石匠为他凿世上最高的碑
石匠在凿的时候把这个人视为凿去的部分

石匠忙碌一生，刻了很多碑
却来不及刻自己的墓志铭

他倒下时

铁锤和凿子都累了，靠在墙边

不说话

一瓣荷花

我来的时候一朵荷花没开
我走的时候所有的荷花都开败了

像一个白昼轮回了生死
睁开大彻大悟的眼睛
一只是太阳，一只是月亮

脚下的路黑白分明
命运小心翼翼地走
起伏的浪花忽高忽低，揣摸不透
只有水滴单纯，证明着我的渺小

有时，我已穷极一生
只能采下一瓣荷花

而一夜湖风，用一支笛子

吹老了整个洪湖

从一首词的院落里出来

刚诞生的冷落，把我搁在半坡村

风，掀开旧痛，应该叫桃花劫

粉红色一摇，装裱出点绛唇

从一首词的院落里出来，先去燕山亭

又入南乡子

虞美人恰好十八岁，漂亮的心

抛弃了唐、宋、元、明、清

苏幕遮手持一剪梅

怀有企图的眼睛像绝版的蝶恋花

谁的罗带心结失恋，一缕相思

凤凰台上忆吹箫

此时，祝英台近，小重山远，西江月冷

玉楼春，年年跃马长安市

只苦了念奴娇，鹊踏花翻

搀扶那一抹孤芳自赏的闺怨

惜红衣，长袖一回回拭泪

直到玉蝴蝶飞远，望断处，云收雨歇

推第一扇窗

风流子，一根海风吹玉骨

再推一扇窗

安公子，半边斗笠收残雨

等夜深，长安一片月出来了

万户捣衣声骤歇

卜算子从失眠的梦里来，击梧桐，夜游宫

大唐王朝圆寂，一根指骨蹲在那里

文化，叫它风骨

西安人，叫它大雁塔

替一首古风把脉

风慵懒，扫不去地上霜。

黎明就把灯火掐灭

睡眼蒙眬的几个汉字把困倦写进《蜀道难》

笔累得喘

躺在笔架上睡觉

一滴墨香爬出西窗，打着哈欠

看天空怎么给一个诗人的浪漫留白

星星隐退

没有才华的炊烟有些迟疑

像一缕胡子在追问童年

天真如果学步

灵感，该怎么走路

金樽老成了古董，有滋有味地对饮一地月光

李白端坐在唐朝的史册里

翻书的手

正替一首古风把脉

捡起几个字

那个叫李清照的女词人走过去

风在身后

影子突然弯腰，捡起几个字

凄凄惨惨戚戚

他站住

两行泪却在朝下走

泪把出川的路打湿

不会再有这样的夜晚
月亮趴在窗边
母亲轻声细语，说着说着就把时间哄睡了

不会再有这样的默契
儿子做个噩梦，就惊落了她手里那根缝补离苦的针

灯火哪来的灵感，用一面土墙描出母亲的影子
月不喘气儿，怎么把光刻在龙泉宝剑上

线在针眼里扯出一节疼，牵肠挂肚
天亮的那一声鸡鸣，母亲怕听
星星若懂事，今夜就该是几粒解不开的纽扣

门闩还是黎明拉开的

不见一滴雨，泪就把出川的路打湿了

李白不回头
他怕背走了母亲的心，目送的眼神
就站不住了

深

风或许是白的
一片月光被花朵灌醉

金樽倒着，半盏酒卿卿我我
那个酒香里虚度的人
无邪，枕一行诗句睡去
有平仄，无韵律起伏

九真山，伯牙的琴拨动水声
柳絮的亭榭，荷花
移出莲步
压酒劝客的胡姬在影子里摇晃

子期的柴担停在汗珠里
踏歌而来的王伦打道回府

不提唐朝那个约定

如今
都怕落花时节
人情薄
桃花潭水太深

月

时间用云一丝不苟地擦
才会这么亮
从远古用到现在，是夜行人的一盏灯

陪李白喝过斗酒十千
没醉过一次
只有李白醉倒了，酒香扶不住诗歌
它才小心翼翼挪过来

撕下一片月色，给他盖上
然后学他的样子，蹲在屋顶上
思考
下一首诗

琴断口

不去考证那把古琴损坏的程度
只问，有没有人想去修复它
琴断口不仅是过去的地名
它有强调的口吻，在等一句对白
断过的弦可以在断过的地方接上
是啊，知音死了，还有那么多人要活
灵巧的指头为什么不劝劝生锈的心
水流向前，生者不该被昨天伤害
一个亡魂也不该让你拒绝活着的人
泪突然间醒，从楚国的眼眶落下
月湖盛满夜的沉重，月影梳理野草
伯牙、子期坐在记忆守护的坟上

灵魂洁净，两袖清风
符号夷为平地，尘埃

覆盖一切

现在空和有相逢，剑与鞘盟誓

两颗心缔约，废除距离

琴断口，你的流水有韵

述说一把古琴摔出的佳话

听话听音，我知道今天比昨天重要

弯腰，把时间扶起

去古琴台拨弦，听高山流水

迁徙

也许是命运在走

沙漠，最古老，没有铺设，没有尽头的路
比缰绳长

帐篷在无人烟处放生炊烟
脚印开始辟谷
死在路上的，是未来的化石

骆驼刺老了
劝驼铃咽下还魂草

露珠被碰醒，脱下死去活来的困顿
睁开眼

黎明正向一根草问路

一树光宗耀祖的花香

我常想，月亮去世以后
还会有谁翻我家的院墙
还会有谁穿过玻璃进来，踮着脚
很轻很轻，把唐诗宋词搁在前朝的枕边

然后推门，坐在吱呀一响的叹息上
等一个去唐朝探亲的人带着李白和酒
从长安古道的马蹄声里回来

只剩下想象了，坐在跨越千年的门槛上
我已经把《诗经》抄了一个世纪
王羲之研的墨，是灯光以外的每一个夜

我把星星从天边摘下
镶嵌在屋后的每一座山顶

月就在崖边，是一轮惊心动魄的美

我把玉树临风的眼睛铺满回家的路
让花间一壶酒走上没有掌声的星光大道
诗和词在院子里酿出三月，诗人卧处
来世的泥翻了个身
有一树光宗耀祖的花香

摆渡人

秋季秋天坐在一片叶子上远行
花摘下风的眼泪，能听见一瓣疼痛的哭声

水滴沉淀了白色的传说
只有脚印流浪
等夕阳找到了枕头，我能听见夜的喘息声

相遇，想到过死去
所以不怕孤独

蟋蟀的鸣叫，也许是给自己听的
如果唤醒灵魂，苦海
就多了一个摆渡的人

胎记

窑火读懂了泥土的心思

开片

天青色出世，汝瓷就有了自己的皮肤

历史，不再走眼

捡起一片汝瓷

就找到了宋朝的胎记

烟笼寒水的朦胧

相视，淡淡一笑

就抹去千山万水

婉约，是与生俱来的

总感觉烟笼寒水，眸子里藏着欲言又止的

朦胧

有时，手没递过来

温柔就打扮出一段为情低头的娇羞

越强调拒绝

情感越在叛逆中领着心私奔

梦深处

西厢有一堵更高的墙

拦不住顾盼，因为情比水深

还有你云山雾罩的眼眸，致命

远在天涯，近在咫尺

多少回，已离身南国

又回头，才知道无力自拔的不是眼睛

只能将错就错

误入举世无双的迷离

那里，有前世约定的相忘

很像你把自己走丢时，那一次

没心没肺的

回眸

我哭了，你没笑

等我知道回头时

故乡，是一头老牛

蹲在母亲老眼昏花的目光里

是走不出的距离，我一生想念

这里有我的第一声啼哭，天籁之音

那个被惊醒的早晨和太阳先认识我

它们的微笑是我的温暖

我睁开眼睛，第一束光就照亮我

我是没有翅膀的天使，光光的身子

躺在铺粗席的土炕上

我尿湿过，圈出我的领地，没有庄稼

第一次站立和行走，在父亲的手上

那是看不见的山道，我的腿跟跟跄跄

慈爱的目光，每天的咳嗽跟着我

等我知道回头时，父亲把自己埋了

只用脚下的一些土

从此

童年只剩下母亲的怀抱

还有站立在母亲笑容里的庄稼

直到她把我搁在牛背上，我才知道

她的手臂已经抱不动我

土地是从那时真正接纳我的，我站着

有了根

像一株高粱那样长大

陪岁月说话

你在，我借空气靠近，听你呼吸

你心跳，我扶着时间，和你一起走

你微笑，我只在你的树上，开一次花

你漂亮，我把松种在心上，根不老

你无尘，我播露珠的种子，长出莲的干净

你羞怯，我躲进野山，花爱上草

你慈悲，我擦亮心的镜子，照向佛台

你哭，我陪着水睡觉，醒成雪花

你祈祷，我把灵魂交给神，保佑你

你还肯爱，来世有一块礁，等帆归来

你用眼睛说话，我牵着你，看石头开花

你累了，去返老还童的地方，给心放假

都老了，变块石头

陪岁月说话

素颜

卸了妆，你还是素颜好看
镜子不被欺骗
能照见一枝芙蓉出水

喧宾夺主的时代已经老了，不再招摇撞骗

眼睛里，你才是天生丽质
看一遍，又看一遍
有时做梦，还会跟着幻觉去看看

感觉这种样子让世界简单
搁在心里好干净

后来在茶间里碰见你
有沉香四溢

我抬头，你低头

眼睛一亮

就看见归去来兮的文静

脱俗

是一尘不染的素颜

后会有期

剧目好像是《约会》，序曲
有些长

诗意铺垫，是分行的汉字
是一次次偶然的错过
是一个有目的的人，在没有铁路的地方扳道岔

可你还是坐火车来了
出现在那条路，那么一个时刻

目光相对时，应该有无以遏制的冲动
应该制造一段多年以后还要回想的故事

奇迹没有解开衣扣，不是心没睁眼
不是老乡对老乡的陌生

是这里非火山地段
是长期锁定理性的职业身份捆绑了心藏岩火的人

对视成为奢侈
两个蹉跎过岁月的人
不知不觉，又把时间蹉跎过去

想想真是遗憾，想想又不遗憾
因为神秘在
因为美好记得一句非常美好的话

后会有期

女儿

已经是墨尔本时间二十二点

我可以想见

我唯一的

一直想捧在掌心上的女儿

正在一家中国餐馆里洗餐具

就她一个人，一盏吊灯，夜，寒冷

堆到腰间的碗碟

是她一个一个洗出来的

她有时会直起身

用湿漉漉的手捶年轻的腰

脸上没有一滴汗，因为在冬天

现在已临近期末考试

她坚持去打工，不是厌烦读书

只是想在最后一年的学习中

为她三年未谋面的父母省一点开支

为此我在电话里劝过她，没用

孩子已经大了

其实在国内时，女儿很懒，很娇

从小到大

我和妻子没让她洗过一次碗筷

向往温暖

珠穆朗玛峰之巅

有我从天空借来的一片片雪花

这里除了洁白还是洁白

种子是去年播的，没有亲戚

寒冷中生出冰肌玉肤的雪莲

风天天醉，来了又走

把唯一的孤独和空寂吹透

我不惧怕冷，向往温暖

太阳低头的时候

我跟着一滴水走出冰川

身后站着依依不舍的公主

不回头，现在只想认识草原

我的天目正穿透花海，看见了

牦牛移动毡房的另一朵云彩

这里生活着一群温暖的洁白

我叫它们羊群

它们是雪山转了基因的孩子

魅力

你用眼睛说话
气质，就强化了一种咎由自取的美
魅力放弃打扮
成为潜藏在容貌身后的另一种漂亮

不骄傲
让春天做了丫鬟，随侍左右
偶尔在桃花盛开之地设置陷阱
美，成为决斗者前仆后继的地方

从此不要平静
侵略，进化为与生俱来的本性，省略了
不合时宜的刀光剑影
看那个心已乱了阵脚的俘虏在垓下站着

他手拈着玫瑰的颤抖

知道四面埋伏

也知道，兵败的地方恰恰是骨头不肯倒下的地方

还是按不住怦动，要用风骨去和魅力生死一搏

要等落红为几滴血死去

再等一个有魅力的女人

回眸一笑

让爱做主

把漂亮，嫁给不肯罢休的追求

一寸狂心未说

刘海遮额时，我不认识你

住在那里的一棵树叫银杏

每到橘灯挑亮，我都在风里眺望

你家镜子里，有一张红扑扑的脸

梳头，手臂的姿势优美

东起西落的月亮就去窗边

看你的眼睛漂漂亮亮

我胆子小，躲进丁香花丛

你走路，走出林黛玉的腰

这时小园香径徘徊，月华如练

天未老，情初发

含情脉脉的手摘一片扇状的叶子

贴于鬓边，是一枚金色发簪

脸就侧过来，一往情深，不知看什么

窗外的我，正为相思所累

一寸狂心未说

心有千千结

揖别

青莲与一树桃花揖别处
舟横野渡，鸟去无音
浪花把当年的音符洗瘦了

孤月当空，能照见汪伦的坟，没有青烟
孤苦伶仃

风已患上健忘症，哼不出完整的曲子
纸幡，低吟浅唱，一声声喊冷

耳边跳出个熟悉的声音
桃花潭水还这么深，人情哦
咋就薄了

你走过

凉台上没有风
你走过，我能看见青春的手领着摇曳
树叶没睁眼
你一笑
路边的野花就开了

等

露珠在枝条上阅读青叶的思考
花把自己嫁给人间

比蝴蝶招摇的
是寂寞梳齐了刘海，又被狡黠的风吹散
就像微笑找不到故乡
蹲在一个脚印里等远行的游子

激动的泪水哭出来
我用从不说话的虔诚背着阳光

走出书香门第的刹那
心不开口
我都能说出爱它的理由

爱你身后的一段书香

因为你在那里喝茶，我的眼睛

迷上了宽巷子和窄巷子

就像一个画家迷上了你的左眼和右眼

茶香包围堂会，你用微笑包围我

咱们一同入戏

一声一声称你既夫人

我知道这个名字流行于前世，唤醒过

小街和驳岸

那是早晨，没有雾，你比现在生动

习惯在石板路上走

我在你的右边，是另一对脚印

那会儿我穷，一个迂腐的书生

不认识流长飞短

提着没有绯闻的灵魂，在梦外游荡

你家院墙高，相府门第，青灯彻夜

可我就爱你身后的一段书香

心野，就有了翅膀，擅长在梦里做梦

想去天坑底部，为你修筑词的院子

里面很静，只剩下世界

我和你并肩，坐于一株兰的花萼

天很高，在云彩之上

这时没有世俗凡尘，时间失去刻度

山无钟声禅觉定，天有鸟道行踪稀

流水洗涤，鸟语无音

山谷，是两个人的山谷

牛粪

我一直想不明白
一生跋涉的奶牛
怎么会被一片草原拴住

每天咀嚼青草
挤出的奶为什么像雪一样白

最让我不能理解的是
那个一直把嘲笑挂在嘴边
说一朵鲜花插在牛粪上的人
却用牛奶
养出一个如花似玉的女儿

让这个不喜欢牛粪的家伙永远想不到的是
他女儿不动声色地爱上了我

有一天，当我放牧天边
会用一个很正式的仪式告诉他
牛粪是土地的发髻

一朵鲜花，可以插在
很牛的粪上

苦难

苦难，是幸福蹲在一旁

看落井下石的人出手，把一根根针

扎进欲哭无泪的心

痛被忍着，藏着，掖着

最亲的人从你气喘吁吁的脚印里看见血滴

践踏冒充跋涉，踩出泥泞的路

瘦成羊肠，瘦得细若游丝

荒芜尽头，长出野野的苦菜

山穷水尽，苦难在半坡村做梦

醒来，白日依依

柳暗花明是抄在纸上的诗句

坐禅的人，耳朵累，两岸猿声啼不住

眼里尽是悲，沉舟侧畔草木枯

鬼没有牙，帮一堆钱推磨

婚介所板着脸，一个年轻的声音说

没车没房白进来

绝望这家伙超生了好几个孩子

不会哭，也不笑

发生

你来
眼睛漂亮，逼着世界打开一幅画卷

是好雨时节
不在春天，花却艳艳地开
该发生当然发生
理由无辜地哭了

门虚掩着，风没推
月光没推
你领着一缕书香款款进来

我已在东篱
采菊的手拈一束野花
尴尬，站在一边

好像它没错，一切，皆是我错

这时我冷，你不该一往情深地看我
已经没了肩膀，就不想去巫山辟谷
野心还在，藏着一个梦

那是共剪西窗烛的日子
你红袖添香，我三杯酒下肚
信口开河地说

南山可以老，我不能老

你笑了笑，挽我狂妄的自信向远处走
我仰天长叹，须发皆白

因果

那扇门是你自己推开的
用装饰语形容，那里叫炼狱
说白了，就是地狱

那里专司因果兑现
可以验证菩提无树。每张脸冰冷
不记得关系、例外、通融、亲戚

再不要作秀，面对镜子痛悔地抽自己
坦白从宽是人间话
这里只认一个理
恶有恶报

你现在害怕下油锅了，抖得筛糠
拐走那个孩子时怎么不想想

你是摘下一家人的心扔进油锅里煎

还有你贩卖的冰毒和白粉

让多少魂灵骨瘦如柴

堆起来是几座山，怎么看

都是你自造的坟

完了！一切皆是因果

想想吧，老师当年一定教过你

种瓜得瓜种豆得豆

挖煤的人

那堆坟，是一条命

盖在土地上的印戳，很平常

只是个记号

但埋在底下的人特殊

他总在太阳升起的时候走进夜

熟悉的天空没有月亮

星星晃动，是活在头顶的矿灯

他是和黑夜打交道时间最长的人

从最黑处挖掘可以点燃的亮

沉重地喘，背着沉重

他知道煤不是金子

却相信劳动的手把它运出去它就会发光

煤黑，脸上的灰黑，眼珠子黑

就一排牙白

这个世界认识他的人不多

有人甚至瞧不起他

最豪华的酒店里，按开关的手知道

一盏灯

可能是那条命留下的一团磷火

扑闪，扑闪

怕

领着沙粒奔跑的风停下来
和神一起打量恩格贝，不知这些树
从哪儿来

就像我，注意了树叶怎么鼓掌
却弄不懂沙柳是从哪里学来了这么优美的
舞姿
我所关心的是那个在树荫下卖风凌石的人，他
已经开始兜售羚羊角了

这让我惧怕
怕心四处流浪的风染上铜臭
更怕树叶除了翻动风
还跟着工于心计的人，学会
数钱

忘不了

站台和花圃无关
列车门边怎么开那么艳丽的花

火车启动
我感觉不是一个人离开
是整个江南走远

那个把自己打扮成江南
又让江南美得和自己一样的女孩
朝我笑着，笑得没心没肺

到列车转弯，看不见时
心就空了
只剩下她笑的样子

后来的日子，我一直想
要找到什么

才能把这个空填上

眼睛就是我的命

和库不齐一起眨眼，不是因为风
而是风操纵了沙粒

时常流着泪还看不清库不齐，不是因为情感丰富
恰恰是沙粒无情

也许，它想从我眼里找到一片海
却不知眼睛就是我的命
丢失了眼睛

即便有人搀扶我走出这片沙漠
也永远无法走出黑暗

我要出来

夜沉沉，黑暗抹杀了一切
我要出来

因为有人要赶夜路
有的人穷，还买不起灯

当然，那些趁月黑风高打劫的
我也会记下
让人间知道

他们鬼鬼祟祟的样子

瓜分幸福

地上花开时，星星没出来

星星出来后，地上的花瓣睡着了

不要紧

或许是自然偶尔耍耍脾气

如果你需要

我白天黑夜都可以做一个耐心的主持

可以把春天请来

还可以反季节

把漫天雪花请来

如果有人要分清彼此

我愿意瓜分幸福

你多些

我只留一点

比如要一点静，写一点诗

比如不说爱，只悄悄地爱你

比如抛弃最后一个王位，把欲望活活气死

再比如有一块石头，我把痴心

刻在上面

这就够了

我会说

你来吧，今晚打扮一个有温度的诱惑

月亮敢脱光了出来

我也不会穿衣服

只管让世界去不好意思

我不害羞

铁轨

人小小的，总想那边是个姐姐
才有两根长长的辫子

后来奇怪铁路为什么有枕头
火车哐当哐当地呼啸
铁轨累，怎么睡觉

再后来，趴在铁轨上听火车的心跳
刀给枕木刻字，让眼睛默写
我是天的辫子

渐渐大了，隔一层泪水看
铁轨太直太硬
落定了被碾轧的奔波命

它是心不忍丢开的，最长的手臂
一头拽着家
一头牵着不服命运的游子

从这头到那头，用一生的长度丈量
分离，是不是最长的距离
枕木和枕木近
出走的人为什么和家那么远

现在老了，心已活得白发苍苍
纠结一把老骨头的去处
琢磨铁轨的那头接不接天路

一厢情愿地想
走，还是要回头一笑，对所有的人
还要趴一次铁轨
这是耳朵的习惯，要听听那边有无锣鼓声

铁轨冰冷
不出声，它不会给形式探路

盘缠

借星星的眼睛凝视

去一杯茶的寂寞里品味《静夜思》

等芽叶豆蔻，掀起春天的裙子

就盖自己的房子

买一把壶

拿卖不出价的月光冲泡以前的日子

等红袖学会粗犷

把不吃草的汉字放牧成不戴镣铐的古风

不肯摧眉折腰的人可以狂

只向季节低头

小河可以惬意，坐在草尖上看流水写诗

从此不问累不累，也不问去蜀道的路难不难

驿站和野店眼巴巴地眺望

我就在夜深时去水塘边

尽管捞起的月亮湿漉漉的

还是敲下些碎银

浪花过来捧走一些

剩下的

给他做盘缠

活成仙的眼睛可以说他老了。他说

回了唐朝就年轻

我决定跟着去

除了嫁他，还想见见

风流倜傥的李白到底什么样子

神仙谷

推不推柴门是风的事儿
我关心神仙坐哪片云彩来

问题是草木望眼欲穿，神仙没现身
而我，用几根手指梳白了头

岸边那根垂竿
钓起流水和卵石谈话的声音
肚子在丰年饿过
从一河米粒石里淘出一节饥肠

从此
否了神仙不食人间烟火
它们太淡定
把米藏进玉岈溪的石头里

走时，我用肩扛一块
听痛在累了之后责怪贪心

好在车在不远处等着
留下四周的大山吧！替时间打坐

不管其他的卵石像不像木鱼
让几缕风巡视
听一河流水唱经

我们

时间把日子串起来，搁进
白天黑夜轮回
让我们成为四季的奴隶
看春夏秋冬的脸色

饱尝风吹雨打，历经霜寒日晒
五味杂陈的酸甜苦辣浸泡出自信
挂起来，任来去无踪的风肆虐
一点一点把我们风干

多少年后，太阳和月亮的车轮把影子碾碎
死，对枯朽结算
没有肉体的灵魂平起平坐
历史缄默，沧桑改写苦难的化名

我们彻底轻松

灵慧转世，是埋在尘埃中的一片化石

天目自闭，心无纷争，除了骨头白

什么也看不见

忧虑

别墅，三层高
五百多平方米
就住着两个老人，一个保姆

不知是儿女孝心给他们买的房
还是替儿女看守

我不担心他们不适应
到了这个年龄，什么都已经历
我忧虑的是几辈子在这里耕种的人
如果正在给一座城市打工
正挤在被迫流行的胶囊房里
有一天回来
看见被征用的土地长出一种奢侈

他们会不会后悔

会不会感觉，根不在时

一滴泪落下都没有立锥之地

股市

世上最大的资本交易连锁市场
股本身后跟着资本

股市是市场做东的赌局
法律和交易规则是没有敌手的保镖
股市的兴奋剂和降压灵是利好和杠杆手段

当一个散户真好，不用去交易所
有一台电脑就是操盘手，可以纵横天下

这里是现代版的短兵相接
兵不血刃，就能巧取豪夺，攻城略地

股市喜欢在涨的时候下套
又借着跌势挤水

股市最容易出现的病症是

头脑发热

大脑进水

进入股市的都是成年人

和幼稚、天真握别了多年

自己选择的就该自己做主，自己担当

股市其实也讲面子

它给出一个资本自由博弈的空间

从不说自己给出的是天堂

但也怕亏了的人骂它是地狱

它明白得很

亏的、赚的都在社会和生活里流转

就像一架机器里的

机油

二妃山

怕去钩沉，历史够重了

不再触那些陈芝麻烂谷子的事儿

垃圾占山为王

已让这座城市烦透了

还没皈依

妃子睡过的山头又削发为尼

佛祖岭瞻前顾后

哪还有心去管顾藩王的墓群

马尾松、苦楝子、柞木跪在刀锋上

季节一把鼻涕一把泪

劝一只哭得死去活来的杜鹃

时间沉稳，睁只眼闭只眼

得过且过的样子

熊召正书写的《二妃山记》挂在墙上

一本正经

读来读去，是一颗童心

四面埋伏的开发商，反复克隆老谋深算

把蚕食的本领练到极致

砍了头的马尾松渗出松油

是不放悲声的泪

其实传说中的妃子和尼姑没有关系

你把半坡的树砍了，算不算剃度

如果走来一个怜香惜玉的人

雾霾应该出来挡一下

心是肉长的

看患了肺病的山体替楼群哮喘

一双容不下沙粒的眼睛

等于揳进一颗钢钉

泪会疼醒

那些在山体上缝补生态的人

手会抖

大树

同样看那两棵秋枫

心会哭

想到背井离乡，想到

一个截肢后的病人

想到最痴情的留守者被接进省城

甚至想到

因为穷

一棵棵大树不能开口

就被无情无义的钱拐卖了

这时痛会伸手，一把一把替乡愁抹泪

感觉生命突然老了！白发苍苍

我怕见拆东墙补西墙移来的大树

干吗那么性急？能不能多种树看着它长

树是命，树也故土难离

都知道树挪死人挪活

你是可以把盘根留大些，可以打点滴

根却是要挖的，树移走了

故土只留下个坑，填上

也是疼过的疤痕，更痛的

是从村口进出的眼睛，突然发现

村庄丢失了一个最老、最熟的亲人

触景生情

会由一棵树想到命运

把吃惊的眼睛扛到这儿

启程前
想象过恩格贝的荒芜
作为诗人，设想着购买一批树苗
再背些有影响的思想过去

当一副肩膀把吃惊的眼睛扛到这儿
恩格贝，与猜想的不一样

沙丘被绿色霸占
胡杨树把杏黄旗举得那么高
风吹过
显得我绝顶的头颅没有半点诗意，一片荒芜

面对尴尬笑
灰溜溜的我，只能把自己的那点浅薄

背回去

当然累
可我不好意思把一个庸人已决定放弃的东西
搁在这么一个
被朝圣的、生机勃勃的地方

温暖

由了风去，玛尼石走不动时
转经筒也会老，放弃轮回
听一部经书唱不倦的歌

哈达还是雪花绣出的白，高过额顶
雪山就从骨头里抽出一根根丝

当你温润了，柔情似水
把几朵白云别在胸前
天就低
我不抬头，都藏不住仰望

倘若云层上再跳出一瓣莲花
冰清玉洁和向往温暖在半空里皈依
生和死一定抱头痛哭

这时你十八岁也好，我三千七百岁
也好
该自信了！还有什么看不破

没有花开万年
桃红柳绿不等于风不闯祸
白发苍苍也不责怪花容失色

多好啊
格桑花开过了藏红花开
妒忌的雪花只管去冰川贴封条

一只蜜蜂傻乎乎的，向最后一朵花
倾诉
花也笨，不会察言观色

武钢

一

把它冶炼的钢制成一个砝码
可以测定一座城市的重量

二

铁水流淌出来
你可以问问高炉，冶炼过太阳之后
一滴汗水有多重

三

去冷轧厂观看热情，这里
每天都在发表作品
你可以目睹另一种才思泉涌
还能看到
一种坚硬
成型之前的婉约

四

设想炉前工是诗人
他们让太阳从天空走下来
笑对它红彤彤的脸
再去看炉里的铁水，恐怕也会想到
一滴汗
是在劳动的模具里
成型

五

在焦炭的记忆里
钢水是汗水的另一个版本

六

如果把炉前工的汗水想象成种子
发芽的过程可以省略
不同颜色的安全帽替代花朵
我们去桥梁、楼群、铁路、电站看看
它
怎样长成了一副副骨架

七

在我眼里,那几排红砖房有姓氏
它们认识高温

它们不嫌弃铁锈色

它们穿着那个时代给定的服饰

它们知道

钢在实现使用价值的过程中

才有资格

佩戴这种颜色

八

你可能读过《钢铁是怎样炼成的》

其实在武钢有现实版作品

来这里寻找灵感

或许还能写出散文、诗歌、报告文学

可以同名，也叫

《钢铁是怎样炼成的》

九

我一直相信
专用铁路的钢轨是从武钢铺出去的
这是通天路
炉膛里一颗太阳有梦
可以去天上
省亲

等

雾霾想制作出一种朦胧
只是几栋大楼僵硬，实在算不上风景

可你坐在那里
早晨就变得生动

楼群好像也懂事了
陪着你
等太阳出世

和库布齐拥抱

诗人在库布齐，是骑着风
寻找灵感的侠客

若抱怨孤独
日头一直独来独往，沙扶不起来
骆驼就走不出自己的影子

若抱怨拥挤
沙粒，挨着沙粒，逶迤千里
放牧岁月的人，鞭长莫及
泉水找不着河道
根就抓不住救命的稻草

若抱怨苦难
比骆驼刺更悲催的是沙丘

雨，播下几滴可怜的种子
铺天盖地的雪过来，埋几次
丧心病狂的风又跟着扫荡几次

所以我和库不齐拥抱时，啥也不想
就当自己是一粒奔命的沙

什么都没了
真就什么都没了

熟悉你十八岁的微笑

海的那一岸，很远

女儿，你红色的裙子是太阳织的吗

头发像风，小时候我替你梳过

现在委托海风替你梳

你的眼睛是在看我吗

应该是！我熟悉你十八岁的微笑

那是上帝送给我和你母亲的幸福

女儿，感觉你长大了

可我们还叫你孩子

五年了，你只回来过两次

然后是偶尔的电话和一些照片

我倒没什么，可你母亲把这当成了盼头

等，成为她的一种习惯

有时我劝她：想了就去一趟

别省那几个钱

她说：不想，不想，真的不想
眼圈就红了
我理解她，母亲的心是水，很软
不像做父亲的，心肠硬
有人时忍着，没人的地方
偷偷地抹一把
然后把苦咸的东西咽进肚里

灵感

灵感不是风吹来的种子

不能特批

灵感一直在生活中下放

无法从察言观色的书页里蹦出来

灵感不怀春

不会主动与人约会

灵感愿意和思考的人一起散步

灵感有钥匙

不在神的手里

在她面前发作的那份真

一直怀疑自己的孝心发育不良
母亲在世时常常顶撞她
肆无忌惮

她走后，才发现
习惯于在她面前发作的那份真一下子失踪了
从此，丢失了一种自由
对所有人说话要小心翼翼
吐出的每句话都想给它穿上衣裳

耳膜开始接待赞叹
再没从梦里见过母亲那张恨铁不成钢的脸
可心累，越来越堵

会躲进泪水里想母亲

想她指着鼻子骂我的样子

想她朝门口喊一声滚，然后背过身就哭

我是在泪水打湿了心之后才明白

敢去顶撞她

是因为我从会说话起就叫她妈妈

她能一次次原谅我，不是她的心胸比常人宽

只因为

她气得发抖，也还叫我儿子

王维是不是你的情敌

故纸堆翻烂
无法断定王维是不是你的情敌

所幸历史大意了一次
把你腰间那柄剑弄丢了
否则
浩如烟海的史册又要多出决斗的章节

血肯定白流
你不会死
王维也要别出心裁地活
只有那个女子薄命
勒断一万根绢绡
也吊不死祸水

好在如今好事者多如过江之鲫

会有高招，让那柄剑出鞘

像个叛徒那样开口

供词，可以找出他们认为不算违心的

故事

反正你早已死了

不怕一个肥皂剧把你弄活

再活活气死

暗恋

星星的眼睛认识你
暗恋的人，就默认这夜的黑

酒瓶在
人扶着酒香望穿秋水
舞蹈的女子姿势优美，把自己绣成万亩桃花

这或许就生出心事
她若回眸，肯有一滴泪落下
海就蓝，爱河沉沦

如梦初醒

灯花开过千年
没来一只蝴蝶。我侧身于旁
和花朵眉来眼去，脉脉两情难诉

笑是演戏，哭也是演戏
我知道风流倜傥只是镜前的扮相

其实骨头里爱惜羽毛
因一寸名声使自己活得很累
每日承欢侍宴，看花开花落
还要高瞻远瞩，用多余的目光关心世界
结果心猿意马，事倍功半

静下来，潜入镜湖
吞服那片被水熬制千年的皓月

细寻前迹，如梦初醒

我多像一条鱼，鳞光闪闪
把天外的月追了一生，除了空空还是空
既负江山，又负美人

在骆驼蹄印里睡一觉

在响沙湾，只需迎风挥手
我就是王
可以号令千军

在响沙湾，生命的线条太简单
水把自己渴死
沙丘还是埋不了一波一波的浪线
看见起伏就够了！不要去操心远方
近，正好拴住爱
最笨的人，也能留住不会叛逃的太阳

在响沙湾，没有题海，书本被风撕碎
除了驼峰
看不见被博士帽压弯的腰

在响沙湾，不想金榜题名
也就没有驸马

累了，在骆驼蹄印里睡一觉，睁眼
身后的沙枣树已经长成公主

这张脸

这张脸简单，回眸的眼神说

如果你还爱我

就让灵魂捧一束花来

这时春天死了我都不怕

白皑皑的雪是我给你的世界

没有边缘

你可以牵我的手，就像哥哥

牵着妹妹

咱们什么话都不说

走下去

走到地老天荒，最后

一张白纸上

有两个并肩休息的句号

这张脸和另一张脸惯性地

贴着

幸福

不奢望无风香十里

如果你能在三米之外把自己开成一朵花

眼睛就把我设计成镜子

进来梳妆吧

痴心替以后的日子开门

我牵你走

世界肯定会大方一次

给一条很长很长的路

两边的树比影子高

教我们学会放下，跟着命去闯

天涯在海那面

很开阔的地平线

沙滩认识自由，也认识脚印写下的字

一个人在前面跑

一个人在后面追

眼睛如果简单，肯坐在礁石上，你会发现

幸福原来也简单

可以长成这个样子

月牙湖

从响沙湾走近月牙湖
我是侵略者

像一粒沙，突然闯入眼睛
揉
就有泪

如果误入的沙粒多
揉碎的泪，就是痛

所以我看到的月牙湖
总是泪眼婆娑

眼睛在想

梅花是昨天谢的
那些没有思想的雨点一直忐忑

这个季节去梅岭
不可能碰到张九龄、陈毅和胡妃
驿道上，石头熟悉，尽是挑夫的脚印

饮马槽可以找到了，那棵枫树也能找到
比梦里高
我没做驸马，过往的人为什么叫它状元树

在广东和江西握手处
惊诧的眼睛在想
"梅止行人渴，关防暴客来"是谁写的对子

风站在一块石头上，教满山树叶背《梅岭三章》
这时有杜鹃飞过，又一只杜鹃飞过

我不愿听它泣血的声音，痛
一声一声
似在为战死的人喊魂

这时荷树花恰恰开，山雨摇曳
怎么看，都像纸幡

姐姐

你是另一个姐姐
小的时候过家家，你叫我相公
说电影里就这么叫

待你长发及腰
再回头看我，眼神就变了

我试着追上来
为你扔掉卸了妆的童年
眼睛
还像以前那样看你

你会低下头
好像自己做错了什么

把骨头交给北风

剑气笑傲，侠客独行

江湖是游走人间的浮光掠影

酒肆、客店、驿站

乡关、古道、野岭

危难来时，英雄出手

多少蒙面人去了坟场

多少逍遥客忘了哭声

一道寒光逼冷月

一身轻功遁无形

壮怀激烈，是谁

于桃花深处现身

跟一翎飞镖远行

命，在旦夕间出生入死

人，在刀锋上花开血红

一袭微笑，一片易水

一次了断，一世回头
是非成败转头空
把英名留给青史
把骨头交给北风

香插

香插已经累了
那点豆火却不明白
一人一茶一香一本书
是你在阅读
还是书在替你打发时间
可让茶杯邀另一个
茶杯
相对时
不用唱，相逢就是一首歌
就像那香插
不用寻
一支香，会舍生忘死
燃出，此生难忘的
一段
国色天香

苦行

不要岸，也不要渡口
我用极具耐心的慈悲布施
提一轮冷月
照你来的路
你若累了，我苦行
用一颗心背你

外

铺排的雪把寒冷藏起来
风开始煽情

土地被一根蚯蚓翻过之后
不管嫩芽是不是春天的舌头
雨舔过的玻璃
泪眼婆娑

窗外，桃花就开了

耳尖

你画出的荷花很静

静如处子

可我耳朵太尖

能听到风感冒后咳嗽

还能听到

小鱼在水底走路的声音

我向往的光明

我向往的光明
不是灯塔
也不是灯

有灯塔的地方，会隐藏
暗礁
有灯的地方，四周是
黑暗

我向往的光明
来于天将亮之前，就在我替天睁开的
眼睛里

夜色

从前的流水进化成泪
鱼累了，雇了浪花擦玻璃
卵石修了千年
涟漪诞生一秒

出浴的荷花还没怀春
莲蓬有了哪个朝代的孩子
蜻蜓飞走了
像一个不负责任的君子

两岸
一万亩梨花也在风里招摇
那群朝三暮四的蝴蝶
把风当成了轿子，桃花突然地红
三月的盖头

我乘夜色来
想见那个把千年站立成巫山的人
千里江陵都是泪

泪里睁开眼睛的石女，哭了很久
抬头
月在中天

两岸没有猿声

垃圾桶

没有思维

当然无所谓自卑

不是饭来张口

也不是守株待兔

形象一点说：它负责收集再生物质

是一座城市或一个小区的出纳

如果还要给个头衔

它也算行为艺术家，站在那里

年复一年，就教人一个习惯

不要随地乱扔垃圾

给自己的来世写生

当一阵风把五月灌醉

我会跟着两条腿翻越篱笆

把一枝夹竹桃斜插在阳光的鬓角

打发走云

在一蔓牵牛花的隔壁等走过的姐姐

和微笑碰面，这彼此的堂会

不要开场的锣鼓和响板

一对虎牙和另一对虎牙对白

一招一式都在亮相

先听一只蜜蜂在园子里唱戏

再看一群蝴蝶替庄周摇扇

用扑粉的翅膀调好空气

给没有做梦的花朵上妆

我会用漂亮的鼻子嗅今年的气味

跟着姐姐追蝴蝶年轻的灵动

累了，躺在暖暖的阳光底下

用大胆的想象给自己的来世写生

姐姐恬静，劝她变成一棵绿油油的白菜

大方清秀，人见人爱

即使长出菜虫，也会举止得当

我喜欢热烈，准备变一棵辣椒

小时，自己当自己的饰品

到了秋天，去招惹不安分的风

打扮得红红火火

枝头挂满异型的灯笼

躲

让去墨尔本的朋友代我看看女儿
女儿躲着不见，也不接电话
征得我同意
朋友在校门口猫了一天
放学后，尾随她到了居处
朋友回来后这样向我叙述
开门，进了她住的房间
大约六平方米左右的面积
有一张旧书桌，一盏台灯
靠墙处有一个地铺，收拾得干干净净
朋友说他当时眼圈就热了
我妻子听到这里转过身去
我心里也一阵一阵的酸

因为女儿不止一次在电话里说
她和一个外国女人合住在一起
条件很好，很宽敞
可现在听到的信息截然相反
我思前想后，得出了结论
这几年里
女儿在熬
我和妻子也在熬

长江第一桥

一

小时候，有双神一般的眼睛
站在浪花上自在
看见通天而来的江上有了第一座桥
两岸被缝合
距离被缝合
龟山和蛇山握住的手
再也不愿分开

二

一个小朋友问母亲
这么长的桥是从浪花里长出来的吗

母亲的眼睛就看见一群汗水奔跑

翻滚成脊梁上的浪花

三

江上，我指着大桥问小朋友

它像不像根扁担

一个说

是一根扁担挑着两座山

一头有电视塔，一头有黄鹤楼

另一个说

是两座山抬着一根扁担

江里装满了浪花

四

大桥开通那天

一列火车呼啸而过

浪花在水面跳跃

有人说是火车在震动

有人说是一座城市

在激动

五

在这座桥的记忆里

一桥飞架南北，天堑变通途

是不朽的绝句

有人强调对仗，改成

一桥连南北，天堑变通途

一江浪花站起来评说

前者

是伟大的浪漫主义加现实主义

后者

是咬文嚼字的形式主义

六

那个年代，仅用两年一个月
建成这座桥
那个年代，放开胆子想
也料不到今天所承载的车流
那个年代，人追求一份踏实
五十年过去后，这座桥给人的感觉
还是两个字
踏实

七

看浪花靠在岸边休息
就想问那些站立的桥墩累不累

静

皈依佛门第一件事

净心，把月亮安排在水边

莲花是自己长出来的

鱼游去世界之外

光，浮动

擦亮无框的镜子

禅觉自生，周边静音无尘

空生慧

慧生莲花

罗汉堂禅悟

门槛够高了，挡不住虔诚

就像关公摘不去财神的帽子

五百罗汉坐得真挤

神多，位置永远少

那么多脚踩进来，哪里还有净土

善男信女都揣着心愿，罗汉忙

数每个人的命运，只能编

编都编不过来

我替俗念点一炷香，云烟袅袅

想修出点禅静

打坐，守定没有欲望的蒲团

耳朵兀地开门

喧声闹语抢进来

望一眼照壁，有南无阿弥陀佛

忽然开悟

转身去拜弥勒，果然笑口常开

一派没有张弛的大度，哈哈

孰是孰非

温暖

只是迟早的事，呼吸会从耳畔吹过

长发及腰的你
不要用眼睛制造思念
就像天堂里开花的云朵，不要
怀疑梨花的白
不要怪风多话

尽管泪在花瓣上淌
昨日雨还是为一只蝴蝶忍了哭声
你不该在路走累时，骑着马来
更不该比格桑花野，开满河畔

雪山已经白发飘飘
手里的雪莲开了又谢

当成一次误会吧

草没马蹄处，没冻僵的是温暖

我还睡在你盛开的花丛里

想入非非

如若雪是睡着的冷空气

荷花脱俗，可以在冰清玉洁的云层里开

罂粟前世有罪，在泪里哭

把暗藏在今生的毒熬白

好在灵魂有约，封存忏悔

是谁一脸漂亮，给没有羞耻的镜子梳头

玉簪是突然落的，纽扣自己解开

拈花的手，不要惹草

你看鱼多好，就在客厅里

雇了那么多浪花擦玻璃

涟漪显然夸大了痛，逼一粒石子道歉

梦半醒处，淤泥替枕头翻个身

爱干净的藕没和窗帘商量

就把自己脱光了

芦苇肯定是风骗来的，踮着脚

在好奇的声音里拔节

我就坐在塘边

一个在柳条上打秋千的声音侵犯耳膜

又在想入非非吧

其实菩提有树，种在人心上

开出的花好看，自在

有因有果

习惯

爱听流水声

很像时间赶路

俞伯牙坐在苇叶上，拨一根弦

爱看姐姐穿旗袍

腰扭动，可以读出词的婉约

就是江南的样子

爱往湖里扔石子

一声心跳

水面长出一个酒窝

爱看屋檐边的冰凌

像没灌水银的温度计

太阳越怕它冻着，它越哭得厉害
比泪滴憔悴

爱钻进雨中把全身淋透
仰着脸喊
天都哭成这样了
为什么我不感动

爱陪时间坐下来
听白发如雪的母亲唠叨
那张脸若干年后就没了，只剩下
遗言

游归元寺偶得

归元寺开门，夜踩着月光进去

翠微峰翘首，等太阳在晨曦中活来

两面菩萨一面解释慈一面解释悲

圆通阁里没有叫圆通的僧人

善男信女多如过江之鲫，求了方子

又数罗汉

寺内熙熙攘攘，不空为空

昌明大师仙游去了，留下佛心慧语

世间事莫用欲望求，尽是苦

路无尽头，此起彼伏

果有正果，非此即彼

想想还是王章甫高明，选了风水地

写诗，写出个喝茶的葵园

以茶养静，一片素心归元

坐出几间丛林禅房

拂去杂念，开悟真的好

明镜非镜，菩提无台

一个空字了却凡心。有无虚化

圆通得生

学会照应东西兼顾南北

眼里没了高低，世界是平等的

此生懂得放弃，时间不再追命

就活在信与不信中，不求额外

皆归因果

妙音一定从耳外来，花开有音

南无阿弥陀佛

姐姐你应该美

在你饱满的额头镶嵌眼睛，姐姐

钻石为你回头，走到哪里都有一种风韵

现在太阳是你的，长满麦子的土地是你的

觊觎你的衰老已被囚禁，昏睡于词典

你的镜子现在是水，我叫它纯粹

今天，它只肯结识年轻

姐姐，你学会打扮吧

把黑发分配给均匀的亮光，推开羞涩

窗棂的左边住满桃花，右边很像梨花

姐姐，你有资格风韵犹存

不要抛弃苦苦追你的两片红晕

那是妈妈给的，酒酿不出这样的血色

姐姐，你应该美，仪态万千是一张名片

荷花那样地笑吧，我可以把月湖给你

掬一捧比世界干净的水，让妈妈的女儿洗脸

姐姐，劳驾你的手，把昨夜的后门打开

写真的肢体不能为一段艺术僵硬

不能锁在小家碧玉的闺房里孤芳自赏

弟弟是踩你的裙袂来的，影子像船

停在安静的墙缝里，听一声喘息就识别灵犀

是梦，靠在肩上。你昨晚留宿了月亮

姐姐，我不会笑你，你有妈妈给的房子

土炕是夜里发情的泥土，揣星星的人你爱吧

我把月亮拴在山顶上

替你劝回一百个黎明

打铁

打铁的人把太阳搁进炉膛

让火和铁说话

打铁是心和手较劲

打铁的人不说话

胳膊上的力量让铁锤和铁听话

打铁就要下得了手

敢把多余的铁斩去

把火星子溅起的痛扔在脑后

铁下一张脸

反复敲打眼里的不满意

落锤时恨铁，淬火处成钢

让一块铁

变成心为它设计的样子

教诲

无法超度，爱和恨同体

微笑之后，精神还是分裂的

有时

真怕看你迷人的眼

那是世外桃源

你抬眼看我，又低头

羞涩就是教诲

朴素得让我不好意思

有时

我真想逃回自己的童年

和单纯过一辈子

如果没有蝶变

那一世你瞎了眼！错过

成为事实

蝶变，是你自编自导的悲剧

埋葬是痛，草木失色，天空暗下去

一堆土，成为崭新的坟

从此你用头顶的野草招手

现在回想，先前的意境多好

陌上的花开出前夜，月归咱俩

不是彩凤，我有双飞翼

梁兄，你既然用右手碰了我的左手

鼻子为什么粗心大意

让姑娘的气息从眼皮下逃走

悔时，大错已经铸成

更悔，为何不敢铸成大错

如果放纵，让有毒的眼睛笑成罂粟

手挽手，成就一次勇敢

先冲破道德，再去道德之外修补

时间的古道，就有了约会

那是多好的画面，咱们比翼齐飞

你唤我英台，我振翅，天就低了

我叫你梁兄，你一飞

去了宇宙之外

放生

不用睁眼

我知道月亮上了半空

不关窗，留一树桃花给镜子

你坐在花瓣上

是灯影里，不灭的神

我命令风停下，放生一段残香

这时没有蝴蝶

星星

在天上开花

记住

不管时间会不会哭

祖玛娜河从泰姬陵流过

就是岁月脸颊上一行不干的泪

远处的阿格拉城堡迟早会老

沙贾汗痴情的眼睛不老，一直住在那里

望穿秋水

总是爱情的样子

即使把自己站成一堆白骨

也保持大理石的白

让人记住，蒙达姬濒死时

那张苍白的脸

也记住

沙贾汗还有一位公主

它的名字叫

泰姬陵

悲愤

欲哭无泪的河床扔了纸巾

鱼群叛逃

找不到分崩离析的鳞甲

卵石蹲在滩上

像一群悲愤的诗人

让灵魂失眠，梦见不肯认错的冥顽不化

其实我不想和事实辩论

只想告诉正在寻找孤独的眼睛

与安静厮守

就别用劳动的手掐死孤独

要研究的是那块卵石

它凭什么憨态可掬

当年还没修成正果

就和一块石头从山体上私奔

如今，流水与河床离婚多年

时间也患上口渴症

它哪来的心思在这里打坐

把大智若愚背诵得天花乱坠

我真想撕碎被风翻破的经书

让残酷告诉它

时间已忘记了流水走路的样子

鱼一批一批仙逝

水立方在一幢建筑上妙笔生花

它居然听天由命地说：不要紧

事不关己，高高挂起

我只想把自己修成一尊木鱼

秉性

看瀑布丈量时间

漂出我

白发千丈

镜子里的手我认识，添过香

又替我刮去胡须

她明显老了，消瘦无力

扫不去我额头的皱纹

可是眼里走出的微笑还像当年

教我鹤发童颜

我必须年轻

持守铁树的秉性

一直开花

心无旁骛

很想和你一起看《非诚勿扰》

如果退回三十年

我会心无旁骛为你而来

成功牵手，带你去

一个不食人间烟火的寺院

就咱俩

你敲晨钟，我击暮鼓

单纯

不管月亮冷不冷
当我的胸膛山一般隆起
天黑如墨
就想做月亮的枕头

你含羞一笑
错误地给蜻蜓点头

这时风有煽动性
我怕你比荷花单纯
被我家月亮骗进水底

走时，心有千千结
一阵长痛，一阵短痛

粉丝

如果去寺院唱经

你在菩提树这边，我去那边

做李白的粉丝

从早到晚，就诵那两句

相看两不厌

只有敬亭山

那时

那时天蓝蓝

我一个人在汉水边放牛，那时

你比我小，羊角辫上落着两只蝴蝶

那时不知道王维

老师还没教我襄阳好风光

那时你喜欢坐在河边梳辫子

梳着梳着就长成一朵花

那时你叫我小放牛的

叫着叫着不叫了

那时想过长大后还和你在一起

过家家

长大后才知道那是白想的

你的心不听话

被另一个人拐走了

雪盲

一匹马站久了
草原会打盹

你把自己冷藏在燕山的雪花里
没有反季
从江南来的诗人
雪盲

饥寒交迫的眼睛里
冻僵的柿子就成了血滴
白茫茫大地
等于

一纸休书

泪

活着的人

会在清明前长出一种心思

为故去的人落泪

他们把鲜活的花拦腰折下，其实是

用死亡祭奠另一种死亡

这时花朵和墓碑上的名字没有知觉

只有哭声忽高忽低

像是给亡灵听

又像是替一束花喊疼

这时

两行泪是真的，落在地上

摔碎

没有一点声音

屋脊上

一

一个坐在雪地里绘画的人
笔尖上
站着一滴阳光
白色的天空下面
黑色的墨不相信红色的梅花
冰封千里的时候
冻僵的笔依旧饱含神韵
架在最高的雪峰之巅
灵感
伸出上帝之手
为朝拜的雪莲开光

二

草原的大
是天空装不下的
一只雏鹰
在翅膀的飞翔中老去
还没走出
那片属于世界的屋脊
远处
缩小了比例的喜马拉雅
一派凝重
而云中落下的羽毛很轻
被不起眼的青草接住
牛羊遗失的粪肥上
一株灿烂的格桑花娓娓讲述着草原

三

最后一个脚印

落在

鸟儿飞不到的地方

那里住着盛产牛羊的雪域

哈达被没有颜色的冰山漂白

有一双手端至美丽的额前

圣洁依旧像雪

一声扎西德勒

让动人的嘴角洋溢灿烂的吉祥

我的眼里

一个姑娘的经血就是

一朵梅花

四

一颗子弹

一团带血的罪恶

将活生生的化石击碎

藏羚羊被闪电般的奔跑折断

戈壁在哭

被血改变了颜色的花朵眼睁睁地看着
一个伙伴在人类的视网膜上
风化
做证的石头说
你们想和我一样孤独吗
苍天一语不发
垂下的云如黑纱一般沉痛

五

雪山居住的部落里
一匹马的伫立
就是一幅立体的画面
干干净净的草地上
风的速度追赶着马蹄
路在没有尽头的天边行走
一群牛羊倒下了
眼睛长出五色的花朵
白骨掩埋帐篷的那一个去处

佛在打坐

意念中诞生出一个崭新的部落

六

对着湛蓝的天空

格桑花打开诱人的小伞

草原的寂寞被牛羊的活力挤破

一股清香游过雪山的白

每朵花瓣都乘载一个太阳

九十九座冰峰开始感动

河流

随着没有颜色的雪水而来

灵歌起处

有一团佛光在走

摇晃了一夜

青稞酒依旧在草尖上醉着

酒香睡过的地方躺着一片碧绿

七

太阳去雪山的那一面了
最后一抹晚霞还在山顶徘徊
制造炊烟的毡房
炉火暖着一家人
笑声把奶茶的香味放出来
风中
引路的牧歌扬着鞭梢
成群结队的牛羊开始回家
脚下是马蹄没有走完的草原

八

额头的血和磨破的双膝不会明白
只有用灵魂吻过布达拉宫的人
才会知道
是牛羊、草地、雪山、雄鹰的拥戴
把一座人心为虔诚肝脑涂地的圣殿

供在了世界瞩目的高度

最纯洁的云为它摩顶以后

打开的酥油花顶着智慧的烛火走来

圣灵安排的空间里

每一块砖

都是一本翻不完的书

被转经筒反复地诵读

每一堵墙

都是一段厚重的过去

站在历史的法眼和佛的金身之后

这就是布达拉宫

一块让人素面朝天的福地

我咬着牙齿发誓

云层上，比萨饼一样诱人的月亮

让肚里的胃酸思考饥饿

有一张焦黄的脸出现在五十年代

浮肿的绿色，把一颗麦粒嚼了一天

我一口一口地吮她的奶，她

一口一口地咽野菜

到我戴上了红领巾，她就病在床上

脸上的微笑很累，像饥饿留下的后遗症

那时我咬着牙齿发誓

长大了，把祖国种满麦子

让我的妈妈天天吃上馒头

妈妈可怜，没等到这一天

她提前住进了墓地

死前她反复叮嘱：别占地，多种些麦子

所以坟地修得简单，就一堆土

灯笼

遣月亮入水

你去云彩上，坐下

也比一棵柿子树高

我最怕你穿一袭旗袍，摇动

吐绿的枝条

会淹没树的身段

特别是柿子红时，门槛高

天的背景下

真分不清

哪是红唇

哪是模仿柿子的灯笼

每棵草都是祖宗

大草原，牛羊是很认真的动物

在荒季里寻找食物

啃吃着从不停顿的时间

它们是没有思想的学者

考察草叶的长度

考察露珠是哪一片风吹出的眼泪

考察野花怎样勾引一群蜜蜂

考察一只蝴蝶和一片天空的关系

考察冬天怎样把厚厚的白雪扛来

考察夏日谁把剩下的雪焊在高高的峰顶

风捻落了它们和人不同的胡须

它们消化与胃肠擦肩而过的岁月

每棵草都是它们的祖宗

那一丝绿，可以把它们拴一辈子

它们的背只裁用小小的一片阳光

其他的全部交给草地

它们一生都低着头

和低处的草保持一种亲近

露珠

你应该相信，我的存在
也是一个世界
不奢侈，给片叶子就能安家
我善于感动草木，借黎明祈祷
用善良的泪打湿新鲜的早晨，
我代表泥土，跟着早起的
农民
给崇拜劳动的眼睛介绍汗水
我属于天空，是下凡的水滴
给单纯的眼睛讲解纯洁，还有
干净
我能等待一夜，不为爱情
只为看一眼新鲜可人的太阳
我的生命短
会被许多不经意的闪失碰落

无辜的我，只留一个无辜的眼神
我不怪谁，是真的
我已经睁着眼睛在世间活了一回
我描过青草的眉
我还冒充过花朵的眼泪

我只问

你的出现让我看到了岸
现在，沧海成为事实
是不会站立的悬崖

我知道爱是唯一的舟
海太大，岸太远

我的前生苦度
今生苦度
来生还要苦度

我不问三生有多长
我只问

当三世的白发全朽了

飘为雪，遗为霜，空灵为纸幡
你还等不等我

看花

白云的背景，纹丝不动

你在花圃里看花

那些专程前来看花的人都在看你

我在他们当中

很奇怪地想

如果你回头看我

我该摘一朵什么花，以什么方式

插在你鬓边

你的微笑会不会失控

从一对酒窝里跳出来

大智慧的圣洁

到了那曲，就到了青稞酒的家乡

会想起雪花覆盖的玉树

想起一个滴酒不沾的姑娘

她的手勤劳，种过一万株藏红花

风路过她的唇，脸上住着两片红晕

一片是西藏，一片是青海

我在天一样高的唐古拉山等她

漫天的雪飘来，装饰了山的神奇和美丽

她洁白的肌肤如雪

会笑的牙齿如雪

鞭梢上的羊群如雪

随云一样从容的哈达而来，额顶天齐

胸前开着惊心动魄的雪莲

没有一滴颜色，是大智慧的圣洁

给世间一片纯白，开不败

大雁塔

长安月照临，你和它想起唐朝
我走过来
就想起李白
对影成三人

李白比唐朝先走，诗句活下来
唐朝圆寂后，你替它站着
现在我和你比肩，没有你高
你是过去，我是今天

我知道时间会把我碾成一粒灰

你在，睁着法眼
向无法回头的历史昭告一个事实

自身成为一片高地，大唐
一座塔才有这样的高度

一千三百多年很长，路被累死过
来的人还像信徒
高傲的心匍匐，跪在你脚下

我抬头，金光闪闪！远处
你和唐朝一片慈祥

一声长叹

躲起来
就看不见刀光剑影

江湖归寂，英雄老朽
那个采菊东篱下的人抬头
天高云树低

不要说什么独活
南山还在
马，早已老死

就一声长叹
还剩一堆白骨

母亲和村庄

三十七年，它可能早把我忘了
就像这石板路忘了走过的脚印
可我脚穿着母亲为我做的鞋，细密的针脚
纳在心里
在哪里我都走不出母亲的目光
母亲属于她的村庄。有月亮的夜晚
让灯把影子描在墙上，描着描着背就弯了
到我和玉米一般高，要进城读书
她才站在村口送我，像棵老榆树
头发全白了，两行泪
一句话没有
炊烟在身后，替她摆手
那时我觉得泪让我模糊，母亲和村庄
就是一个人，都不说话

修禅

前世你一定在水边浣纱

腕上的玉镯刚刚发育

还不会含光吐翠

眼睛就藏不住年轻的水波

这一世我才认定你干净

在双井站修禅

坐于一杯茶的叶芽上，闻香

你左眼里泊着西湖

右眼藏着一个东湖

我后半生什么也不干，只做一件事

泛舟

把自己喝成红颜

昨夜，把自己喝成红颜

一杯酒是误入江湖的知己

杯盘狼藉的诗歌和散文醉着

躺下的筷子铺出一条天路

豪气如一条大河流进很远的太阳系

哭的，是没有眼泪的星星

在风替月亮描眉的镜子里

高脚杯站着，等一片失约的嘴唇

是哪个朝代的门，为一袭痴情而开

先进来两只柿子一样鲜红的灯笼

秋风在后，然后是几片轻轻的落叶

脚步声里，有喘息颤抖

一个醉了的女人，背回一个

醒着的男人

夜深了

哐当，哐当，哐当

火车像一粒加长的子弹

朝夜的深处钻

旅客都累了

沉睡的，冥想的

默念心经的

打着呼噜梦里云游的

就是时间耐熬，一秒一秒

磨损距离

还有一个人让蒙着猪油的心睁眼

夜深了

下手的时候

当然，老天也睁着眼

路途上

有人留下行迹

有人

留下鬼鬼祟祟的痕迹

阴谋

在枕头上打下江山
交给后宫，等硝烟四起
你的剑入鞘，隐身江湖
采菊东篱的那个人
忘了南山一匹马
马脖子上系一个锦囊
里面
是一个老死的阴谋

活下来

活，就该是致命的剑
学习嚣张的气节，然后韬光
鞘里藏锋，忍成忍者
一旦出手就是血色黄昏
不闪失，不错杀
寒光一念，锋刃了断恩仇
将基因周密的链条劈碎
看子承父业的血统横尸遍野

活，就是一怒为红颜
赴死，绝不留一线后路
即便情敌是上帝
也敢拔剑相向，出鞘见血！
让爱你万世的女人骄傲一次
坐稳江山

活，就要把死当转世

四面楚歌不悲

霸王倒下，骨头扛鼎，一世英名

笑傲处，失败不是末日

让爱为爱刎颈

香消玉殒手指松开，魂灵诀别

在死过的地方对拜

活，就是视死如归

这一生只向前

下一世，求天地恩准

冷眼开花，血流成河！

不容玷污的躯体再来，一曲挽歌清唱

活下来，活下来

我

娘疼着，一盘土炕生下个我

学步了，卖下只羊羔羔陪着我

肚饿了，土嚼出颗麦粒喂给我

读书了，几十里山路每天踩我

出远门，总有一条路送我

上大学，几亩地的汗珠子供我

工作了，爹娘从不来城里找我

过年了，一根肠子就在肚子里揪我

回来时，娘扶在村口等我

再远行，村口会有一张脸望我

月黑下，枕头上有一行泪想我

这辈子，村子用牛鼻绳拴牢了我

我不走

哥哥，你把船划走
野渡的风把芦苇吹向身后
我等你回，芦花急
就让它自己白头

妹子，我今个不走
前世你也替风摆手，船别了黄河
你就哭，眼瞎了
长长的路怎么走

没想过回头

红帕子遮一只眼，我不丑
蓝褂褂束下个腰，迎风摆柳
憨憨的牛鼓着个眼
蹄子问路
牛鼻绳比路长，哥哥你别愁

汪集镇、长腰岭三十里路
跟你去，不怕穷，没想过回头
牛背上驮下个累，不是嫁妆
心底上有你个人，就是理由

生意

沿这条街走，兴奋检阅双脚

又被得陇望蜀的眼睛支配

颠颠的，慈悲心大放血

好像自家的钱是人家挣得

掏给那些卖机会、卖实惠、卖优惠的

铺面

店员游刃有余地站着，挤出微笑

店门大睁日进斗金的眼睛

落地玻璃慷慨，透支魂魄

租金拾级而上，比门前的台阶高

高跟鞋两节腰，挽高富帅

蹬蹬蹬走进来

百世吉、真维斯、佐丹奴顺眉

恭迎大言不惭的天后

今日里，处心积虑的手串通密码

刷卡就刷出快感，不给荷尔蒙退路

AA 制不消费中国

江汉路号召流光溢彩的融通

给另类不遗余力的霸气

让电脑押解银行，让饥要择食转基因

把钱变成没有人质的仆人

等练习复苏的霓虹灯睡醒

财大气粗的蛴螬累也不累

打造现代典型，硕大头颅净空

富得只剩下钱了

习惯性大腹便便，抓铁有痕的影子

踩疼两袖清风的人

好在地摊上堆满了本分，小心翼翼

服侍太阳去东土

再安顿月亮去云层上睡觉

道一声吉祥！晚安

自己踩着疲倦的自己，回家

天敌

不要怪个口吐毒箭的人

过错在你，长得漂亮就是女人的天敌

一排刘海扮成留客的屋檐

勾魂摄魄一笑，就有罪

是修成精的狐狸，致命

真男人沉默，去聊斋的窗棂观景

手捧玫瑰的尽是猎手

你醒得晚

情人节无情，七夕是生产诱惑的湿地

想逃已晚了，到处埋伏着箭

双井站外，马蹄追魂

干脆停下，转身，披冷冷月光

盯着穷追不舍男人

追魂索命地问：你真爱我吗

肯定是没有准备的假话

你要虔诚，假装信，令他跪下
递快刀，惊心动魄地喊
是条汉子，就剖出你的心
是红是黑不重要
我要看你的血，干不干净

慈悲

躬身，向菩提树作揖
除几个居士绝尘而过，树叶落
佛祖没出来见我

其实我心干净，乘莲花宝座
三炷香火袅袅，从愿心的屋顶启程
寻找天堂的路

木鱼声爬上枝条，替花打坐
骗走一行白鹭
天空高，都是去处
我站立，悲苦，像地球的累赘

扫帚领来一位僧人，纤尘不染
临近我，突然犹豫

道一声阿门，又道一声阿门

悲哉，面无愧色地绕道而过
善哉，红尘当哭的慈悲为怀

天上的水

洪湖，我想去你的广场，一直想
你是天上的水，平静一片
湖风有时过来，两袖空空
我也过来，只为你
激动的手握着一滴泪
我不做浪花，只做浪花的思想
演讲一次骨髓里提炼的相思
尤其今夜，我想看荷花的盖头
看月光铺不完的席梦思
看一个人和一条美人鱼睡醒以后
含羞的荷花
如何去面对太阳

对视

假设和你去唐朝省亲

北风起

燕山雪花大如席

我会选最大的一片与你同坐

看你用风梳头

等我们两人白发飘飘

只剩如漆的眼眸对视

我转身对李白说：

老了，老了

我家屋檐

依旧与天齐高

奢侈

在一株芦花的高度巡视两岸

楼群疯长，比庄稼稠密

人突然开悟

当土地可怜得买不起楼群

生态自然昂贵

就像脚下的天兴洲

不管设不设立学堂

一地的花草可以给蝴蝶讲解铺张

天黑下以后

偌大的天兴洲，就一头牛陪我

月下

听几只蛐蛐唱摇篮曲

我有资格问身边的风

这算不算奢侈

病

我知道自己心上没有弦

手笨，不会调音

所以最怕你在屋檐下

用出神入化的眼睛看我

羞涩堕落为相思

是病

你允许，全世界把疯狂的琴摔碎

我内心

一根独弦承负痛

无霜

颤抖

罪

我的罪在前世，乱过一片
桃花
心如止水
那时你活在陈年的书香里
独居，一片芳草的露珠，写诗
恰好我的红唇落泪
一滴相思，把你
勾引千年
后来，我含恨东渡
一片苇叶的舟，拔剑
替你
杀死自己

洗你的灵魂

你如果真为春天的一片叶子死

花就出窍

让蝴蝶、蜜蜂去忙

我抬着风来，颠碎念想

做你新娘里的轿子

等走得最慢那个人也赶来看你

揭夕阳的盖头

黑下了，可以干最美的坏事

月光下

水洗灵魂

咱们爱到死

爱成一个拆不开的人

把锄柄握得生疼

一把锄头可以让肩膀掂量泥土的分量

一把锄头可以让父亲的腰弯成弓

一把锄头可以让种子扎下自己的根

一把锄头可以让稻谷长满贫瘠的土地

我是一个和锄与泥土亲近的人

攒了一冬的力气把锄柄握得生疼

挥锄时，乡村是我身后的背景

一锄下去，春天和土地开始怀孕

酒酿在明年的泥里

如果雪用梅花装饰没有屋顶的房子
你就把帽子戴在比自己高的山顶
将狐狸围脖儿搭上冬天的肩头
牵一条狗，从雪橇素描的小路赶来

不要怕冷，我已用北风把雪花灌醉
悬在枝头、屋檐上的冰凌是玻璃做的

不要相信简单的透明
你赶快离开热炕，离开冰肌雪肤的姑娘
她笑的地方，是镜子都无法藏身的墓地
兜里，一对白兔睁开樱桃小口
不要相信红色只点染梅花
桃花也会红，红杏睁着出墙的眼睛

一个为北方写诗的人，你不要缠绵
被窝里捂不出灵感，里面只有卿卿我我
诗是李白的豪肠，是一道映雪的剑气
只有对酒当歌，才能把呼啸的北风喝下

披着漫天的雪花来吧，酒酿在明年的泥里
我坐在花瓣上
蜡梅是我送你的一束阳光

我想问

一颗麦粒，用春天的牙齿把自己咬破

长出一棵棵嫩芽儿，在土地上制造音符

我想问

一块被拱开的泥土能不能代表地球的默许

一个农民用一把锄头挥汗

算不算给惊蛰后的生命破土

还有那个在草帽下种一亩七分田的女人

她弯着的腰是不是顶天立地

她有没有资格给沉甸甸的秋天奠基

父亲的庄稼

汶川地震后，水磨镇一位老农，从废墟里扒出读高中的儿子的遗体，背其回家。

还像小时候那样背你
背你回家
那时你像庄稼一样长，现在突然停了
那时就想把你背大，让你自己走
现在只能背你最后一次，你真的走了
孩子，爹不怕重，一步一步
背你回家
山路断了，用脚去缝
房子垮了，这把老骨头还在
日子，还会在你出世的地方出世
孩子，你躺热的床震垮了
爹只能给你修简易的坟

移一棵树做记号

爹百年后，这就是咱们会师的山头

那时，你用灵魂背我老了的灵魂

咱们一同去看那些新建的村落

一同用风吹动稻穗和高粱

在血已经开成花的地方

对视而笑，一起说

好

今年的庄稼长得真好

用到最后一个小数点

我和你一起慢慢变老
等头发全白了
咱们就去韩国做一次整容
不怕花钱，只要完美
一定整得鹤发童颜

到九十岁生日
你去把头发染成金黄色的
梳成第一次相见的样式
我也去染发，染成黑的
还在那面镜前帮你梳头
然后出门，左手把头发朝右边一抹
将胳膊让给你
你要像初恋时那样挽我
头偏过来，用星星一样的眼睛看我

后面的时间咱们慢慢走

活到现在什么都明白了
以前总和人比这争那的
今后不犯傻了
就这么相依相守多好
呼吸每人都有一份的空气
用慈祥和善良去对待众生
让眼睛多看看属于生命和友爱的东西

老了，不怕受处分
咱们也犯一次纪律
终点，是每个人都要去的，躲不开
但可以迟到，可以设法晚点
咱们一生都在当先进，末了也当当落后分子
一定要把日子过好
把属于咱们的时间用足
用到最后一个小数点

用天空去爱

你脚印里站着深蓝的海底
如果停泊，会是两艘比肩的船

我的身体是你今世的岸
启航和归来时练习拥抱的地方

当你浮在浪花的喧嚣上视察一种崇拜
我蹲于岸，是一块不用眼睛眺望的石头

我想象你的头发被海风吹成椰树
想象远去的目光又跟着海鸥回来

我知道启锚时你的心已去了远方
手和唇制造的飞吻，是一种安慰的姿势

弯下腰，我用自己的手把自己的鞋带解开
让脚自由吧，就像新诗不习惯宋词的格律

我已经发现爱情的树长在距离中
让鸟儿飞，就要用天空去爱

有生机的家没有围墙，窗认为蓝天是自己的
依靠翅膀，来来去去的路都叫距离

有一天远行的人回来了，即便风是甜的
他也会抱着丢失的时间哭，哭得泪流满面

这时你会笑，让两行泪做证
看幸福和痛苦对饮，借它们的酒把自己灌醉

深造

天已经渴得不愿意哭

河里的鱼就危险

冬天醒来的水在卵石的产床上睡去

梦就更可怕

所有的鱼都在深造

科目比较幽默

化石

神

佛说
你用真心爱一个人
你便能成神

我说
我真心爱她，超过爱自己
所以苦苦的心里
她是神

梦想在汗滴里长大

有一万亩桃花，我站在里面灿烂

眼睛醒着

知道这是梦

梦，诞生于夜深人静

梦，领着潜意识在无边际的虚空里遨游

而美好置身具体

不从梦里偷渡

就像天上飘下那么多雪花，不会有一个馅饼

后来我知道，美好可以从梦想起步

梦想可以在一滴汗水里慢慢长大

所以从明天开始，跟着梦想走

相信劳动，让手上的茧长出收获

相信智慧，让创造不浪费剩余价值

相信光荣，把最不起眼的事儿做得不同凡响

相信善良，让真情和美好牵手

相信艰难，让自己学会咬着牙去和世界拼

我知道梦想是一个高明的设计

把美好安排在明天

我也知道，追梦是用自己的汗水铺路

要和存了心的坎坷苦斗

可我不能拒绝美好

就像活着的人，不会拒绝明天

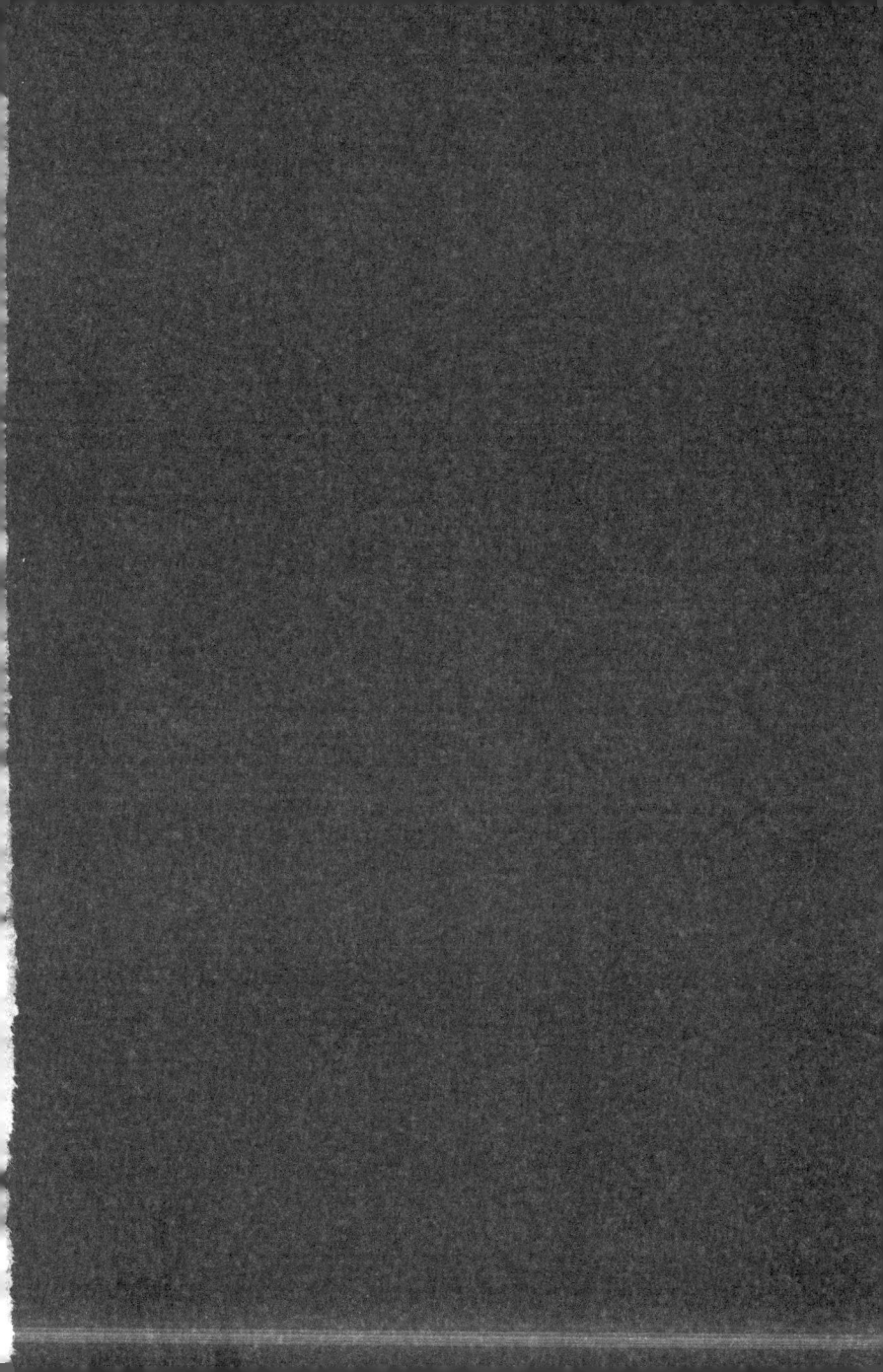